Ralf Neubohn

Geheimnisvolle Weihnachten mit

Hexe, Drache und schüchterner Fee

Ralf Neubohn

Geheimnisvolle Weihnachten

mit Hexe, Drache und schüchterner Fee

Bibliografische Information der Deutschen Nationalbibliothek
Die Deutsche Nationalbibliothek verzeichnet diese Publikation
in der Deutschen Nationalbibliografie;
detaillierte bibliografische Daten sind im Internet
über www.dnb.de abrufbar.

Herstellung und Verlag: BoD – Books on Demand, Norderstedt

ISBN: 978-3-7534-6421-3

Dieses Buch ist meinen treuen Lesern gewidmet.
Was wäre ich ohne Euch?

Inhalt

Vorwort..8
Die gefährliche Schlucht................................9
Die Hofbesucher..10
Die sehr scheue Fee...................................11
Gemütlicher Abend....................................12
Die Fütterung...13
Magisches Eigentor....................................14
Die Flucht..15
Pannenreiche Flucht der Mädchen..........16
Die Höhle...17
Aus für die Mädchen?...............................18
Gefangen..19
In der Falle...20
Die Wildtiere...21
Heiliger Hain...22
Das Erwachen..23
Neue Gefahren..24
Die Gänge..25
Die Saurierfalle...26
Die Meister Skaterin.................................27
Am Stadttor...28
Die Stadt..29
Rückreise?...30
Das Schloss...31
Viele Fragen..32
Lösegeld..33
Brathähnchen..34
Der Täter...35
Die Befreiung..36
Die verblüffende Überraschung...............37

Der Tyrannosaurus Rex..38
Das Duell...39
Und jetzt?..40
Rettung...41
Neue Pläne..42
Ausklang...43
Hinweis für die Leser...44
Bücher von Ralf Neubohn..45
Über den Autor Ralf Neubohn..50
Nachwort...51

Vorwort

Liebe Leser und Leserinnen,

auf dem magischen Hof und in seiner Umgebung ist immer viel los. So viel, dass ich wesentlich früher als gedacht von neuen, spannenden Abenteuern berichten kann.

In dem vorliegenden Buch werden viele wichtige Fragen gelöst: Welche Gefahren lauern in der geheimnisvollen Höhle? Welcher Entführer fordert 50 000 frische Brathähnchen als Lösegeld? Sind von heiligen Hainen aus magische Reisen möglich? Wie kann es passieren, dass ein stabiles Hexenhaus vollständig zerstört wird? Stimmt es, dass gegrillter Tyrannosaurus Rex mit leckerer Maronifüllung eine Delikatesse ist? Wo kommen zu Weihnachten die vielen Geschenke wirklich her?

Viel Spaß beim Lesen!

Ihr Ralf Neubohn

Die gefährliche Schlucht

Die junge Hexe Kleckselinchen ging mit dem Drachen Qualmchen auf dem magischen Hof spazieren. Es ging nur sehr langsam voran, da ihr der Rücken sehr schmerzte.

Der Drache prahlte während des Laufens: „Alle fürchten sich vor mir, weil ich so groß, stark und gefährlich bin. Alle wissen: Qualmchen ist nicht nur der wildeste aller Drachen, sondern auch der riesigste. Wenn Qualmchen aufstampft, bebt die Erde. Es ist wie der Weltuntergang."

Kleckselinchen ächzte nur: „Mein armer Rücken, was habe ich nur für furchtbare Schmerzen."

Der Drache erkundigte sich erstaunt: „Aber warum denn? Du bist doch noch jung? In Deinem zarten Alter leidet niemand unter Rückenschmerzen. Oh, ist das da vorne steil! Puh, eine grässlich gefährliche Klippe! Da komme ich nicht runter, das ist viel zu tief für mich!"

Ergeben seufzend nahm Kleckselinchen den Drachen unter den Arm, was ihr wieder schwer in den leidgeprüften Rücken fuhr und trug den sehr kleinen Drachen den ganz normalen Bordstein herunter.

Merke: Für sehr kleine Tiere ist selbst ein normaler Bordstein eine tiefe Schlucht oder eine steile Klippe.

Die Hofbesucher

Da Qualmchen sich auf alles Essbare stürzte, führte ihn die Hexe an der Leine Gassi. Die Besucher des Hofes riefen begeistert: „Ach, schaut mal! Wie süß! Ein kleiner, grüner Zwergdackel! Bestimmt eine ganz neue Züchtung, sowas habe ich noch nie gesehen!"

Der Drache schmollte zutiefst beleidigt, ließ sich aber gerne von entzückten Mädchen streicheln, vor allem wenn es dabei ein Leckerli für ihn gab.

Besucher, welche die ersten fünf Bände der Lama-Alpaka-Reihe kannten, gerieten noch mehr aus dem Häuschen: „Hu, hu, Qualmchen! Wie geht es dem lieben Drachen denn heute?"

Auch dies verärgerte ihn, da er sich ja für groß und furchterregend hielt. Da kam plötzlich ein Windstoß, der den sehr kleinen Drachen in die Luft wehte. Zum Glück hatte ihn Kleckselinchen an der Leine.

Die Hofbesucher verzückte es noch mehr: „Seht mal, das junge Mädchen lässt einen Drachen steigen, wie süß!"

Tja, das mit dem Drachen steigenlassen stimmte wörtlich.

Die sehr scheue Fee

Wieder auf der Erde zurück, ließ Kleckselinchen am Ende des magischen Hofes den Drachen von der Leine, um mit ihm zu ihrem Hexenhaus zu gehen. Rot vor Schüchternheit kam ihnen die scheue Fee Ninvy entgegen. Verlegen knetete sie ihre Hände und rief atemlos vor Aufregung: „Hallo, wie...“ Der Rest des Satzes blieb für alle Zeiten ungesagt, da die Fee über den Drachen stolperte. Ninvys Ungeschicklichkeit wurde nur noch von der Kleckselinchens übertroffen, was beide stets heftigst leugneten. Da beide immer voller Beulen und blauer Flecke waren, überzeugte das Leugnen aber niemand. Nervös vor Scham entschuldigte Ninvy sich bei Qualmchen und lief anschließend mit ihnen gemeinsam zum robusten Hexenhaus.

Kleckselinchen meinte: „Du bist einfach zu schüchtern Ninvy. Aus lauter Verlegenheit passieren Dir immer wieder solche Sachen. Da ich sehr selbstbewusst bin, passiert mir nie etwas!“ In diesem Augenblick rutschte die junge Hexe in einer Pfütze aus, fiel dabei in einen schlammigen Wassergraben voller Frösche.

Der Drache stichelte: „Da Dir ja nie Missgeschicke passieren, musst Du wohl absichtlich in den Graben gesprungen sein. Bist Du auf der Jagd nach Froschschenkeln fürs Abendessen?“

Seltsamerweise konnte die Hexe darüber nicht lachen. Warum wohl nicht?

Gemütlicher Abend

Wie schon so oft vorher, verbrachten die beiden Mädchen einen gemütlichen Abend mit frisch gezaubertem Hexentee. Bekanntlich schmeckte Kleckselinchens Hexentee besonders würzig, besaß aber leider auch äußerst unangenehme Nebenwirkungen. Fliegenpilze wuchsen aus den Ohren und aus der Nase Spargel. Die schüchterne Fee pflückte diese sich verlegen lächelnd ab, während Kleckselinchen so tat, als merke sie nichts von diesen „kleinen Nebenwirkungen" bei ihrem Tee.

Die beiden spielten zuerst Karten, bis ihnen nach 2 Stunden auffiel, dass nicht mehr alle Karten im Spiel waren. Aus Ungeschicklichkeit fielen ihnen beim Mischen immer welche herunter.

Bei Würfelspielen würfelten sie so voller Elan, dass die Würfel versehentlich alle Spielfiguren wie Kegel umwarfen.

Der Abend verlief also wie immer. Nervös errötend sagte die Fee verlegen: „Es ist so gemütlich bei Dir. Im Ofen brennt ein warmes Feuer, draußen heult der Wind ums Haus, schöner kann es gar nicht sein."

Kleckselinchen erwiderte zerstreut: „Ja, das stimmt. Aber draußen heult nicht der Wind, sondern der Drache. Der hat wieder einen großen Drachenhunger nach Brathähnchen."

Die Fütterung

Um den Drachen füttern zu können, versuchte die Fee Drachenfutter zu zaubern. Verlegen wisperte sie schamvoll einen Zauberspruch. Doch anstatt des Futters für einen hungrigen Drachen erschien eine halbe Scheibe trockener Toast.

Kleckselinchen rief belehrend: „Ich habe Dir ja gesagt, Du denkst zu gering von Dir selber. Deshalb fällt Dein Zauber so klein aus. Du musst so viel Selbstvertrauen haben wie ich, dadurch entsteht wirklich großer Zauber!" Laut rief sie einen energischen Zauberspruch. Der wirkte auch, aber wie sehr! Ein gegrillter Tyrannosaurus Rex gefüllt mir Maronis knallte aufs Hexenhaus und begrub um ein Haar die beiden unter sich.

Die Fee Ninvy dachte: „Ich habe vielleicht zu wenig Selbstvertrauen. Aber Du hast offensichtlich zu viel unberechtigtes Vertrauen zu Dir selber."

Der Drache rief begeistert: „Endlich mal genug zu essen! Genau die richtige, kleine, delikate Zwischendurch-Mahlzeit. Der perfekte Snack für Drachen!"

Das lädierte Hexenhaus meinte unter der Saurierlast nur kummervoll: „Ächz!"

Magisches Eigentor

Nervös trat die Fee von einem Fuß auf den anderen: „Was machen wir jetzt? Das Haus ist von dem Saurier völlig zerstört und es ist so eine kalte Winternacht. Wir werden noch erfrieren," fügte sie leicht weinend hinzu.

Doch voller unberechtigtem Selbstvertrauen antwortete die Hexe: „Ach, was! Ich mache einfach einen Reparaturzauber! Mit dem verwandelt sich alles in seinen Ursprungszustand zurück."

Das tat es auch. Aber nicht nur das Hexenhaus erstrahlte in altem Glanz, sondern auch der Tyrannosaurus Rex wurde wieder lebendig. Viel zu lebendig! Schreiend flohen alle in den Wald. Der Drache nach links, die Mädchen nach rechts. Würde die Flucht gelingen? Und wenn nicht: Wen erwischte der Saurier?

Die Flucht

Ab diesen Zeitpunkt geschahen mehrere Dinge gleichzeitig. Wenden wir uns daher zuerst der panischen Flucht des kleinen Drachen zu, der mit zitternden Beinen durch den Wald raste. Dabei gingen ihm ganz typische Gedanken durch den Kopf: „Wilde Drachen wie ich fürchten niemanden. Natürlich bin ich nur im Wald unterwegs, um frische Luft zu schnappen! Schließlich brauchen Drachen etwas Bewegung vor dem Essen. Wenn es dann mit dem Waldlauf genug ist, falle ich meinen Joggingpartner den Saurier an, der im Zweikampf gegen mich keine Chance hat. Drachen fürchten nichts und niemand. Oh, Graus! Ein Spinnennetz mitten im Weg! Schrecklich, schnell einen kleinen Umweg laufen! Vielleicht habe ich ja Glück und die Spinne frisst den Saurier als kleinen Snack! Doch was ist das da vorne? Seltsam, das sah ich hier bisher noch nie. Wie ist sowas möglich?"

Pannenreiche Flucht der Mädchen

In die andere Richtung flohen die beiden Mädchen. Dabei stolperten diese immer wieder über ihre Schnürsenkel, wobei viel wertvolle Zeit verloren ging. Dabei dachten beide wie der Drache ganz typische Sachen: „Ich bin gar nicht ungeschickt! Es liegt nur an diesen tückischen, gefährlichen Schnürsenkeln! Zur Strafe der Schuhe werde ich mir bald Schuhe mit Knopfverschluss herbeizaubern! Ich war in meinem Leben noch nie schusslig, meine Freundin ist es allerdings im Gegensatz zu mir, die Arme." Da beide Mädchen dasselbe über sich selbst und die jeweils andere dachten, ergibt sich ein gutes Licht auf ihre falsche Sicht der Dinge. Aber wer gibt denn auch schon gern zu, ungeschickt zu sein?

Würden die beiden schussligen Mädchen trotz Stolperns dem äußerst erbosten Saurier entkommen?

Die Höhle

Die Erde dröhnte vom Stampfen des wütenden Sauriers. Da sein Stampfen einen großen Umkreis erbeben ließ, konnte niemand wissen, hinter wem der Tyrannosaurus Rex eigentlich her war. Verfolgte er die Mädchen oder den panisch quietschenden Drachen, der sich noch immer einredete tapfer zu sein?

„Natürlich fürchte ich mich nicht, warum sollte ich auch? Gerne würde den spaßigen Wettlauf mit dem Saurier fortsetzen, aber ich brauche eine kleine Atempause. In der niedrigen Höhle da vorn werde ich mich verstecken – äh – ausruhen."

Blitzschnell huschte der kleine Drache in die Höhle. Leider können Drachen bekanntlich nicht lesen, weswegen ihm der Inhalt der zahlreichen Warntafeln entging: „Betreten auf eigene Gefahr!" „Vorsicht – Einsturzgefahr!" „Achtung – wilde Tiere!" Oh, weh, worauf ließ Qualmchen sich da ein? Waren die Höhlenbewohner vielleicht sogar noch gefährlicher als der Saurier?

Aus für die Mädchen?

Währenddessen rannten die beiden Mädchen schwer wie Dampf-lokomotiven schnaufend weiter.

Die Fee überlegte: „Jetzt bräuchte ich ein schnelles Reittier!" Mit einem lauten Aufschrei stolperte sie mal wieder. Wie so oft über ihre Schnürsenkel? Über einen Ameisenknochen? Nein, über den Rotpanda vom magischen Hof, der ein Nickerchen machend mitten auf dem Weg lag und auch jetzt nicht aufwachte. Die Fee murmelte: „Ein Reittier ist was anderes als dieses schlaffe, kleine Dingelchen!"

Der Hexe schoss es durch den Kopf: „Ninvy wird langsam alt, jetzt beginnt sie schon mit Selbstgesprächen."

Statt sich solche weniger nette Gedanken zu machen, hätte Kleckse-linchen lieber besser auf den Weg geachtet, denn mitten im Rennen knallte die Arme mitten auf einen Baum. Würden die beiden wieder rechtzeitig auf die Beine kommen oder als Imbiss für den Saurier enden?

Gefangen

Das kleine Dingelchen - also der Drache – schaute aus dem Höhleneingang nach seinem Verfolger aus. Da aber der schmale Höhleneingang von den Winkeln her die Sicht nach außen stark einschränkte, ließ sich nichts Genaues feststellen. Konnte Qualmchen gefahrlos heraushuschen oder war dies eine Falle? Lauerte der Saurier versteckt auf ihn? Vielleicht wäre es besser zu warten? Plötzlich raschelte es hinter Qualmchen. Mäuse? Der Saurer? Kam der vielleicht durch einen Hintereingang? Das Rascheln wurde erheblich lauter.

Quietschend vor Angst wollte der Drache aus der Höhle fliehen. Ein Stampfen aus dem Wald ließ aber den schon von den vorherigen Beben stark gelockerten Höhleneingang einstürzen. Der arme Drache saß nun hilflos in der Falle. Das Rascheln hinter ihm verstärkte sich. Oh, je!

In der Falle

Die Mädchen erhoben sich wieder und rannten weiter durch den Wald. Hinter ihnen bebte die Erde weiter. Stampfte der Saurier hinter ihnen her oder verfolgte dieser den Drachen?

„Gegrillt mit Maronis gefiel er mir erheblich besser", überlegte Kleckselinchen.

Gleichzeitig fiel die Fee vor Schreck um ein Haar in Ohnmacht. Denn ihr wurde klar, dass der Wald bald enden würde. Egal wohin sie gerade liefen, könnte es verhängnisvoll werden. Lag der magische Hof vor ihnen, so würde dieser auch der Bestie zum Opfer fallen. Lagen hinter dem Wald die offenen Felder, sah ihr Verfolger die Mädchen problemlos laufen. Ohne den Schutz des Waldes kamen jedenfalls große Probleme auf die flüchtenden zu. Da stockte der armen, armen Fee der Atem. Sie hatte an die dritte und schrecklichste Möglichkeit nicht gedacht! Am nun erreichten Waldrand lag der große See vor ihnen, in dem das schreckliche Seeungeheuer hauste. Was sollten sie nun tun? Hinter ihnen rannte der Saurier her, vor ihnen lauerte im See ein anderes Monster. Die Mädchen saßen in der Falle. Gefangen zwischen zwei Ungeheuern. Das Ende von ihnen?

Die Wildtiere

Das Rascheln näherte sich Qualmchen immer mehr. Was konnte es bloß sein? Ratten? Wölfe? Bären? Der Drache versuchte, sich am rechten Rand der Höhle vorbei zu schlängeln, doch direkt vor ihm erklangen Geräusche. Schnell wechselte er auf die linke Höhlenseite, aber auch von hier näherten sich die Schritte zahlreicher Tiere. Was tun? Qualmchen beschloss einfach über seine Feinde hinwegzufliegen. Aus dem Stand flatterte er mit seinen Drachenflügeln steil in die Höhe. Doch der Blitzstart bekam ihm schlecht, denn es war ja eine kleine Höhle. Qualmchen prallte gegen die Höhlendecke und stürzte bewusstlos vor die Pfoten der Höhlentiere. War es das Ende des kleinen Quengeldrachens? Niemand konnte ihm durch den eingestürzten Höhleneingang folgen, um ihn doch noch zu retten.

Heiliger Hain

Der Fee fiel eine mögliche Rettung für die Mädchen ein: Links am See lag ein heiliger Hain. Zwischen den Bäumen des Hains waberte so viel magische Energie, dass auch zwei erschöpfte Mädchen sich von dort woanders hin zaubern konnten. Energisch fasste Ninvy Kleckselinchen am Arm und zog diese Richtung Hain mit.

Diese rief begeistert: „Zaubere uns in Dein Feenreich, da gibt es keine Monster!" Kaum im Hain angekommen, murmelte die Fee auch schon die Beschwörungsformeln. Mit einem lauten: „Plopp!" verschwanden die beiden.

Leider muss an dieser Stelle daran erinnert werden, dass die beiden Mädchen in Sachen Magie noch sehr chaotisch waren. Niemals funktionierte ein Zauberspruch richtig. Häufig entstanden dabei ziemlich katastrophale Nebenwirkungen, von denen beide nur als „kleine Pannen, die AUSNAHMSWEISE passieren" sprachen. In Wahrheit war es aber andersherum. Manchmal gab es AUSNAHMSWEISE beim Zaubern keine Pannen. Dieses Mal kam es aber durch das mangelnde Selbstvertrauen der Fee auch wieder zu schweren Problemen. Ihr Zauberspruch war viel zu schwach, um sie ins Feenreich zu bringen. Du meine Güte, wohin ging es stattdessen? Etwa in den Rachen eines Monsters?

Das Erwachen

Nach einer weile erwachte Qualmchen aus seiner Bewusstlosigkeit. Er lag in einem weichen Plüschbett, von Bären umzingelt. Wilden Bären! Wilden Kuschelbärchen! Genauer gesagt: plüschigen Teddybärchen, die vergnügt an ihm rumkuschelten.

Der Drache blickte um sich, überall brannten Fackeln, tappten Teddys durch die Gegend. „Wo bin ich hier?", erkundigte sich Qualmchen.

Einer der Teddys antwortete: „In der Eingangshöhle zum Teddyland. Dort leben die Teddys schon seit ewigen Zeiten. Und wenn ihnen dort mal langweilig wird, kommen sie in die Menschenwelt und leben dort zur Abwechslung eine Weile mit den Menschen."

„Ja, aber jetzt könnt Ihr nicht mehr raus, der Eingang ist verschüttet!"

Die Bärchen lachten herzhaft und zeigten auf einen Teddybergarbeitertrupp, der sich gerade mit kleinen Schäufelchen auf den Weg zum Höhleneingang machte, um diesen wieder frei zu schaufeln. Die Teddys im Bett sprachen: „Iss, was, damit Du wieder zu Kräften kommst." Mit vielen kleinen Servicewägelchen voller erlesener Spezialitäten näherten sich ihm andere Teddys.

Hier konnte es der Drache noch lange aushalten. „Wie es wohl den Mädchen gerade geht?", schoss es ihm durch den Kopf. Ja, wie?

Neue Gefahren

Die beiden landeten in einem anderen Baumkreis. Offensichtlich stand dieser aber nicht im weit entfernten Feenreich. Denn in der Nähe liefen keine Einhörner zwischen Bäumen und Schlössern spazieren. Wo waren die Mädchen bloß gelandet?

Nach einigen Schritten schrie Kleckselinchen erschrocken auf: „Da! Ein riesiges Spinnennetz, es muss einer wahren Monsterspinne gehören!" Vor dem Saurier gerettet, um als Spinnenfutter zu enden? Ein furchtbarer Gedanke! Was aber tun? Wer wusste schon, welche Gefahren in den anderen Richtungen lauerten? Tapfer näherten die beiden sich dem großen Spinnennetz. Vielleicht machte die Spinne ja gerade ein Nickerchen und sie kamen unbeschadet durch? Da erkannte Kleckselinchen die Wahrheit: „Das ist kein Spinnennetz! Es ist ein Kletternetz für Kinder! Wir können problemlos unten durchschlüpfen!"

Die beiden entdecken hinter dem Kletternetz einen dunklen See. „Oh, nein!", schoss es Ninvy durch den Kopf. „Sicher lebt hier drin ein Seeungeheuer! Wir sind vom Regen in die Traufe gekommen!"

Die Gänge

Die Bärchen berichteten Qualmchen von einigen weiteren Ausgängen. Diese führten in die Geschenkläden der Menschen, zum Osterhasen, zu der Geschenkfee und an viele weitere Orte.

Die Neugier des kleinen Drachens erwachte und er beschloss, sich alleine etwas umzusehen. Die Gänge schienen sich von der Höhle der Teddys tief ins Unterirdische zu ziehen. Endlose Gänge mit zahlreichen Kreuzungen lagen vor dem Drachen. „Mein unfehlbarer Instinkt wird mich schon richtig führen", ging es ihm selbstgefällig durch den Kopf. So trabte er vergnügt die Gänge entlang, schnupperte hier und da etwas, bevor Qualmchen an einer der vielen Kreuzungen mal wieder abbog. Plötzlich quiekte das kleine Kerlchen erschrocken auf: „Hilfe! Ich habe mich verlaufen! Wie komme ich hier nur wieder raus?"

An dieser Stelle werden wir ihn voller Mitleid eine Weile umherirren lassen und uns etwas länger mit den dramatischen Erlebnissen der Mädchen beschäftigen. Denn da passierte auch einiges!

Die Saurierfalle

Doch im See schwammen nur friedliche Enten. Erleichtert liefen die Mädchen an ihnen vorbei. Völlig entgeistert sahen sie plötzlich zottlige Horntiere auf einer Wiese vor sich. Eine besondere Art von Einhörnern? Landeten die beiden doch im Feenreich? Nein, denn die seltsamen Tiere besaßen zwei Hörner. Es waren also Zweihörner und keine Einhörner. Die Tiere grasten so still vor sich hin, dass die beiden sich vorbei trauten. Plötzlich lag vor ihnen eine riesige Grube aus Beton. Eine Saurierfalle? Ein ausgetrockneter, künstlicher See? Ein Schild belehrte sie: „Skateranlage". Was konnte dies nur sein? Vielleicht leben hier ja Saurier, die Skater hießen und für diese war die Falle gedacht? Da erschien ein Junge mit einer Art Brotbrett auf Rollen und schoss förmlich durch die Anlage. Kleckselinchens Augen blitzten begeistert auf: „Das ist cool!" Schnell zauberte die Hexe sich auch so ein Brett, um wie der Jungen durch die Anlage zu flitzen. Die gute Nachricht lautete: Es erschien wirklich genau so ein Brett. Die schlechte Nachricht folgte auf dem Fuß: Es gehörte dem nun sehr erbosten Jungen, der Kleckselinchen nachrannte, um die Brettdiebin zu verprügeln. Konnte Kleckselinchen entkommen?

Die Meister Skaterin

Kleckselinchen sauste mit ungeheurem Tempo durch die Anlage. „Ich kann halt alles perfekt", dachte sie unbescheiden. „Ich bin einfach eine Meisterin auf jedem Gebiet..." lautete der letzte bewusste Gedankengang, bevor die Hexe mit wahnsinniger Geschwindigkeit aus der Anlage schoss. Wie eine Rakete sauste die Hexe über den Park. Passanten sahen ein fliegendes Mädchen auf einem Skateboard. So entstand die Sage von der fliegenden Skateboarderin. Das schnelle Fliegen machte Spaß, allerdings die Landung weniger. Mit einem lauten Rums schlug Kleckselinchen wie ein Geschoss in die Stadtmauer ein. Konnte jemand so einen Aufprall überleben? Dazu noch auf so eine harte Mauer? Kaum möglich.

Später erhielt sie auch noch einen Strafzettel der magischen Polizei, weil sie die magische Schallmauer durchbrach und somit eindeutig das Tempolimit für Hexenflüge überschritt.

Dabei war sie ja auch so schon genug gestraft!

Am Stadttor

Doch Kleckselinchen überlebte den Aufprall. Ihr magischer Schutz-schirm entfaltete sich gerade noch rechtzeitig. Ninvy kratzte die junge Hexe von der Stadtmauer und lief mit ihr durch das Bäder-törle in die wundervolle Stadt. Besonders beeindruckten beide das Beinsteiner Tor, der Hochwachturm und die vielen schönen Häuser der Innenstadt.

„Fast wie im Feenreich", rief Ninvy begeistert.

Durch eine Gasse gelangten die Mädchen zu einem Antiquariat. Im Schaufenster des wegen Feierabends geschlossenen Ladens erblickten sie ein Bild des greisen Zauberers Ralphus Rheumaticuslinchen.

„Aha!", erklang es von Kleckselinchen. „Hier ist er also, wenn er auf dem magischen Hof in unserer Buchhandlung gerade frei hat. Na ja, als Autor ist er halt ein Buchfreund!"

Plötzlich erklang lautes Hufgetrappel! Raste eine Schar bewaffneter Ritter auf die Mädchen zu, um diese gefangen zu nehmen?

Die Stadt

Die Mädchen drückten sich an die Wand des Antiquariats, während das Alpaka Alpakalinle und Lama Larrylinchen an ihnen vorbeisausten. Offensichtlich mit einem rasanten Wettrennen beschäftigt.

Ninvy meinte: „Diese schöne Stadt scheint eine Art Parallelwelt von unserem magischen Hof zu sein. Denn mehrere Hofbewohner tummeln sich hier offensichtlich öfters herum." Die beiden besichtigten noch etwas die bezaubernde Stadt, als Ninvy vor Verlegenheit rot werdend sprach: „Ich glaube, wir sollten jetzt zurückkehren. Stell Dir vor, was passiert, wenn der Saurier unseren völlig ahnungslosen magischen Hof findet. Wir müssen die anderen schnell warnen gehen."

Eine gute Idee. Aber vielleicht kam diese leider zu spät? Viel Zeit war seit ihrer Flucht verflossen. Zuviel Zeit?

Rückreise?

Zurück im heiligen Hain ballte Ninvy nervös die Hände und flüsterte rot vor Verlegenheit leicht zitternd: „Zauber Du uns in unser Land zurück, ich traue mich nicht mehr. Wer weiß, wo wir sonst wieder landen!" Beschämt senkte sie den Kopf, während Kleckselinchen voller Elan einen magischen Spruch rief. Mit einem verdächtig lauten: „Plopp!" verschwanden die beiden und tauchten eine Weile später an einem seltsamen Ort auf. Ein riesiges Schloss stand in der Nähe des nächtlich dunklen Haines. *„Hoffentlich kein Vampirschloss"*, dachten beide gleichzeitig. Düster lag es in der Dunkelheit vor ihnen. Der Gedanke an Vampire lag nahe.

Kleckselinchen versuchte tapfer zu wirken: „Vampire gibt es gar nicht, das ist nur ein Märchen."

Ninvy antwortete schüchtern: „So ähnlich wie Hexen und Feen?"

Das verschlug der jungen Hexe die Sprache. Voller Gruseln stellte sie sich die Frage: „Was ist, wenn dies doch ein Vampirschloss ist?"

Das Schloss

Hinter den Gebüschen und Bäumen raschelte es geheimnisvoll. Lauerte dort schon die Gefahr? Sollten sich schnell fliehen? Zu spät! Da brach es aus dem Dickicht hervor: Elfen, kleine Wichtelmännchen und viele Engel. Die Helfer des Weihnachtsmannes! Jubelnd brachten diese die Mädchen ins Weihnachtsschloss. Dort zeigten sie ihren Gästen alles: die herrliche Bäckerei, welche die vielen Süßigkeiten für Weihnachten herstellte, die hübsche Schreinerei, in der Zwerge die Geschenke für Weihnachten bastelten und die leuchtende Verwaltung, in der Engel prüften, wie viele Geschenke noch für das in 2 Tagen fällige Weihnachten fehlten. Sogar die schönen Ställe des Weihnachtsmannes, in welchem die Rentiere, Alpakas und Lamas warteten. Meistens ließ der Weihnachtsmann den Schlitten von flauschigen Alpakas durch die Lüfte ziehen. Alpakalinle war immer das Leittier, egal wen er sonst noch vor den Schlitten spannte. Alpakalinle wartete meistens bis kurz vor dem Start auf dem magischen Hof auf seinen Einsatz und erschien erst kurz vor Weihnachten im Weihnachtsschloss. Aber wo war der Weihnachtsmann selber? Keine Spur von ihm. Nirgends dröhnte sein lautes „Ho, ho, ho!"

Viele Fragen

Überall hingen Plakate mit dem Gesicht des Weihnachtsmannes: „Wer hat den Weihnachtsmann gesehen? Bitte im Weihnachtssekretariat melden!"

Die Mädchen gingen dort hin, um sich nach näheren Informationen zu erkundigen. Die Engel erklärten schluchzend: „Er wollte nur noch kurz ein paar Kleinigkeiten erledigen und ist seitdem spurlos verschwunden. Niemand weiß, was ihm passiert ist!"

In diesem Augenblick brachte ein Himmelsbote einen angekokelten Entführerbrief: „Für 50000 frische Brathähnchen gebe ich den Weihnachtsmann wieder frei!"

Das Entsetzen stand in allen Gesichtern! Gelang es, den Weihnachtsmann rechtzeitig vor Weihnachten zu befreien? Welcher Schuft entführte ihn bloß? Die Zeit drängte, in 2 Tagen war schon Weihnachten!

Lösegeld

Kleckselinchen holte locker ihren Zauberstab hervor und meinte optimistisch: „50000 frische Brathähnchen? Kein Problem. Die zauber ich schnell herbei!" Mit ihrem üblichen Selbstvertrauen sprach die Hexe den Zauberspruch.

Leider den falschen. Statt Brathähnchen regnete es erboste Osterhäschen, die beim Karottenmümmeln gestört wurden und von daher nicht sehr verständnisvoll reagierten. Als es schließlich nach viel Chaos gelang die armen Osterhäschen zu vertreiben, probierte es die Hexe nochmals: Es regnete nun tatsächlich Unmengen von Brathähnchen. Im Schloss, auf das Schloss und in der Umgebung. Überall fielen den armen Schlossbewohnern Brathähnchen auf den Kopf. Voller Beulen suchten diese sich verzweifelt Helme, um den Aufprall der Brathähnchen wenigstens etwas abzumildern.

Würde es der geheimnisvolle Entführer wagen, die Brathähnchen zu holen und den Weihnachtsmann danach wirklich freigeben?

Brathähnchen

Im Hof erklangen plötzlich die erstaunten Fragen von Alpakalinle und dem Lama Larrylinchen: „Was ist denn hier los? Seit wann gibt es denn zu Weihnachten Brathähnchen? Da kommen wir um etwas Weihnachtsschlitten ziehen zu proben und werden stattdessen mit Brathähnchen bombardiert! Wir kommen nicht mal bis zum Stall durch. Alles ist voller Brathähnchen!"

Die Mädchen eilten zu den beiden Tieren herunter und erklärten alles.

Das Alpaka meinte: „50000 Brathähnchen? Was ist denn das für ein merkwürdiger Entführer? So viel kann doch niemand essen, bevor die Brathähnchen schlecht werden."

Sehr wahr! Da ertönten auf einmal laute Schmatzgeräusche! Der Entführer schlug tatsächlich zu!

Der Täter

Auf einem großen Berg abgenagter Brathähnchenknochen lag futternd der Entführer. Sie hätten es sich eigentlich denken können. Das Futterdingelchen Qualmchen.

Sofort erkundigten sich alle: „Wie kommst Du hierher und wo ist der arme Weihnachtsmann?"

Der Drache rülpste feuerspuckend und erklärte: „Der Weihnachtsmann wollte noch Teddys für Weihnachten aus der Teddyhöhle holen. Dabei verlief er sich wie ich den langen unterirdischen Gängen. Wir trafen uns zufällig irgendwo da unten, verloren uns dann aber beim Ausgangsuchen leider wieder aus den Augen. Als ich den Ausgang ins Weihnachtsschloss fand, nutzte ich meine Chance, endlich mal genug Essen zu bekommen, und tat so, als sei der Weihnachtsmann entführt."

Alle staunten den Drachen an, der da so ganz locker die unglaublichsten Dinge von sich gab. Aber wie den Weihnachtsmann nun aus dem Höhlenlabyrinth befreien?

Die Befreiung

Die Mädchen zögerten nicht länger. Sie sprachen gleichzeitig einen Zauberspruch, der beide in die Höhlengänge brachte. Lange schlichen die Mädchen angstvoll durch die endlosen Höhlengänge und riefen nach dem Weihnachtsmann. Endlich fanden sie den Armen! Gerade wollten die Mädchen mit ihm ins Schloss zurückkehren, als ein merkwürdiges, tapsendes Geräusch erklang. Feinde? Hungrige Raubtiere? Nein, Teddys auf dem Weg in die Welt der Menschen!

Der Weihnachtsmann rief erfreut: „Das ist ausgezeichnet! Ich brauche nämlich für Weihnachten noch Teddys als Geschenke!" Zustimmend brummten die Teddys und ließen sich zusammen mit den anderen ins Weihnachtsschloss zaubern.

Dort war die Freude groß und der Drache schrie begeistert: „Jetzt gibt es zur Feier des Tages ein großes Festessen!"

Ninvy erwiderte trocken: „Du hast doch noch die Hähnchen zu essen!"

Drauf entgegnete Qualmchen: „Nö, die habe ich schon alle verspeist."

Wieder wunderten sich alle, wohin der kleine Drache bloß immer alles hinfraß. So viel konnte doch unmöglich in sein kleines Bäuchlein passen. Aber Hauptsache der Weihnachtsmann war wieder da!

Die verblüffende Überraschung

Doch es gab für unsere beiden Heldinnen noch eine extra große Überraschung. Der Weihnachtsmann sprach lächelnd: „Für meine beiden Retterinnen habe ich zur Belohnung noch eine ganz besondere Überraschung." Vor Freude errötend traten beide nervös von einem Fuß auf den anderen. Was es bloß als Überraschung gab? Ein Plüschalpaka? Eine schicke Wintermütze aus Lamafell? Ninvy knetete aufgeregt ihre Hände und wagte vor Spannung kaum zu atmen. Da hielt der Weihnachtsmann ihnen einen magischen Spiegel vor die Augen: „Was seht Ihr da drin?"

Verblüfft antworteten die beiden: „Wir sehen uns selber. Wo ist da die Überraschung?"

Freundlich erwiderte der Weihnachtsmann: „Merkt Ihr nicht, wie ähnlich Ihr Euch seid?"

Kleckselinchen antwortete auf ihre typische Art: „Doch wir ähneln uns wie Zwillinge, nur, dass ich viel hübscher bin!"

Über den letzten Teil des Satzes lachte der Weihnachtsmann herzhaft: „Na ja. Aber nun mal im Ernst! Ihr seid Zwillinge. Zur Zeit von König Artus kamt Ihr als Töchter einer bösen Fee auf die Welt. Zum Glück habt Ihr mit dieser keine Ähnlichkeit. In den Wirren einer Schlacht wurdet Ihr getrennt. Eure Mutter floh vor den Kämpfen mit Kleckselinchen, ein Einhorn rettete Ninvy ins Feenreich."

Erstaunt rief Ninvy: „Aber so alt sind wir doch gar nicht! Schau doch wie jung wir sind! Das kann doch gar nicht wahr sein!"

Gütig erklärte der Weihnachtsmann: „Doch, es ist so! Wir magischen Wesen altern ganz erheblich langsamer als normale Menschen. Das könnt Ihr an mir sehen, wie lange bringe ich schon den Menschen Geschenke zu Weihnachten? Ewig lang!"

Errötend flüsterte Ninvy: „Ach, Schwesterherz" und schloss Kleckselinchen in die Arme.

Der Tyrannosaurus Rex

Im Weihnachtsschloss stieg eine große Party, aber wie ging es eigentlich mit dem Saurier weiter?

Der Tyrannosaurus Rex überlegte sich lange, wen er verfolgen sollte. Zu lange! So gelang dem Drachen, der Hexe und der Fee die Flucht! Verärgert sah er die leckeren Häppchen verschwinden. Doch in seine Nase wehte der Geruch neuer Snacks. In der Nähe mussten noch weitere Imbisse sein. „Na, gut. Dann verspeise ich eben diese!", überlegte er rülpsend. Mit stampfenden Schritten eilte der Saurier auf den magischen Hof zu. Da von dessen drei Lebewesen mit Zauberkraft zwei weg waren, blieb nur noch der greise Zauberer Ralphus Rheumaticuslinchen übrig, um das gefährliche Ungeheuer zu stoppen. Im magischen Hof spürten alle die Erde beben und dachten, es wären wieder Pyramiden, die wie einst aus der Erde schossen. Sofort eilten alle ins Freie, doch nirgends waren Pyramiden zu sehen, die wie Pilze aus der Erde wuchsen. Was konnte der Lärm sonst bedeuten? Es lautes Röhren ließ sie in Richtung Wald blicken, aus dem der Saurier auf den Hof zustapfte. Allen rutschte vor Schreck das Herz in die Hose. War Sir Ralphus mächtig genug den Saurier zu stoppen? Vor allem: Fiel ihm der richtige Zauberspruch rechtzeitig ein?

Das Duell

Der greise Zauberer Ralphus Rheumaticuslinchen verschluckte vor Aufregung um ein Haar sein Gebiss, als er sich dem Unhold in den Weg stellte. Der Zauberer nuschelte auf schwäbisch ein paar Zauberworte, nichts geschah. Nur, dass dem Zauberer ein paar Disteln an der Nase wuchsen „Mist!", ärgerte sich Sir Ralphus. „Wenn die Disteln wenigstens dem Ungeheuer an der dicken Nase wachsen würden." Währenddessen näherte sich das Untier weiter seinen Opfern. Viel Zeit blieb Sir Ralphus nicht mehr, sich an die richtigen Zauberformeln zu erinnern. Unverdrossen schoss er einen neuen Zauberspruch auf den Dino los! Es geschah äußerst Überraschendes! Vom Himmel regneten kleine Hamster mit Regenschirmchen in ihren Pfötchen. Sie schwebten gemächlich auf die Erde nieder. Das Monster lachte herzlich darüber, bevor es weiter auf den magischen Hof zu trampelte! Gelang die Rettung noch?

Und jetzt?

Mehrere Schritte vom Hof entfernt, schien der Dino endlich seine Snacks holen zu wollen. Er beschleunigte sein Tempo so, dass allen die Hoffnung entschwebte. Außer Sir Ralphus, der wieder eine neue Beschwörungsformel sprach. War es endlich die richtige? Oder verwechselte er die Formeln schon wieder? Leider geschah das Letztere. Es erschienen zahlreiche Nashörner, die Bockspringen spielten, was die Erde zusätzlich zu den Schritten des Sauriers erbeben ließ. Inzwischen stand das Untier schon sehr nah am magischen Hof. Nun würde sich das Duell entscheiden. Zog Sir Ralphus schneller seinen Zauberstab mit einem neuen Spruch oder zertrat ihn der Dino zuvor?

Sir Ralphus feuerte seinen letzten Zauberschuss ab. Die Rettung? Nein! Es erschienen Mammuts, die fröhlich Polka tanzten. Der Dino kicherte verächtlich und hob den Fuß, um den greisen Zauber zu zertreten. Oh, Graus! Gab es keine Hoffnung mehr?

Rettung

Die Erde bebte nun schon so lange unter den Schritten des Dinos, der Nashörner und der Mammuts, dass sie unter den Erschütterungen einbrach. Verdutzt stürzte der Dino hilflos in die Tiefe, mit einem fragenden „Groaaar?"

Erleichtert atmeten alle Hofbewohner auf. Tief in der Erde befanden sich überall die vielen meist verlassenen Gänge der Teddyhöhle, die nun zum Teil wegen des Sauriers einstürzten. Sofort eilten wilde Kuschelteddys in die Einsturzstellen. Dort entdeckten sie den Unhold und kuschelten ihn so lange zärtlich durch, bis aus dem Untier ein liebes Tier wurde. Da es aber der Daseinszweck des ehemaligen Ungeheuers war, Böses zu tun, wie sollte das nun liebe Tier Gutes tun?

Da kam Sir Ralphus die geniale Idee! Er rief in die Kuschelhöhle hinunter: „Wie der Weihnachtmann mir mal erzählte, gibt es viele Monster, die keine Weihnachtsgeschenke von Menschen annehmen wollen. Aber wenn Du nun der Weihnachts-Dino wirst und allen braven Ungeheuren Geschenke bringst, wird niemand diese mehr ablehnen. Das wäre doch schön."

Begeistert stimmte der Saurier zu und seitdem kommt jedes Jahr der Weihnachts-Dino zu allen braven Ungeheuern.

Neue Pläne

Raffiniert verkleidet erschien nun jedes Jahr der Weihnachts-Dino bei allen kleinen Ungeheuern. Er sah mit seiner Zipfelmütze und dem angeklebten weißen Bart etwas merkwürdig aus, brachte aber monstermäßig gute Geschenke, die alle begeisterten.

Vom Erfolg beflügelt, versuchte er dann auch zu Ostern als Oster-Dino Geschenke zu bringen. Mit angeklebten Flauschohren hoppelte der Saurier durch die Gegend. Das Hoppeln löste aber so schwere Erdbeben aus, dass dieser Versuch scheiterte.

Aber wie Dinos halt so sind, machte er stets unverdrossen neue Pläne. Etwa sich täuschend ähnlich als Elfe zu verkleiden und durch die Luft zu flattern. Oder wie eine Fee verkleidet auf Einhörnern zu reiten oder als Hexe auf einem Füller durch die Luft zu fliegen.

Es braucht nicht gesagt zu werden, dass diese Versuche alle scheiterten. Doch die Hexe Kleckselinchen und die Fee freuten sich sehr über seine Versuche. Nun waren sie auf dem magischen Hof nicht mehr mit Abstand die Ungeschicktesten. Der absolute Pannenkönig war nun zu ihrer Begeisterung der Dino.

Ausklang

Es gibt viele schöne Tierhöfe. Besuchen Sie doch mal wieder einen. Viele liebe Tiere warten dort auf Sie! Dazu viel Abwechslung und frische Luft!

Und wer weiß? Vielleicht besuchen Sie zufällig den Hof, auf welchem unsere Freunde leben! Wenn dem so ist, so richten Sie diesen bitte liebe Grüße von mir aus. Danke!

Da ich selber auch oft dort bin, treffen wir uns mit ein bisschen Glück dort alle. Die Tiere, die Leser und der Autor.

Es wäre schön!

Liebe Leser/innen,

für heute enden die Abenteuer der Bewohner des magischen Hofes. Da sich dort aber laufend aufregend Neues ereignet, wird die Reihe bald fortgesetzt.

Wer die bisherigen Abenteuer der vielen Hofbewohner lesen will, kann dies in den bereits erschienenen Bänden der Lama-Alpaka-Reihe tun.

Die Bewohner des magischen Hofes verabschieden sich für heute und rufen Euch herzlich zu: „Frohe Weihnachten, ein gutes, neues Jahr und bis bald!"

Bücher von Ralf Neubohn:

Lama und Alpaka Reihe:

„Weihnachten mit Alpaka, Lama und der schussligen Hexe"

„Zauberhafte Ferien mit Alpaka und Lama"

„Der magische Hof, der Drache und die schusslige Hexe"

„Magische Stippvisite vom Drachen und der Hexe"

„Hof Gala für Fee, Einhorn und Kamel"

„Geheimnisvolle Weihnachten mit Hexe, Drache und schüchterner Fee"

Alpaka Reihe:

„Die Alpakas vom Nikolaus"

„Der Nikolaus und sein Alpaka auf Tournee"

„Applaus für Alpaka und Osterhase"

„Das Comeback des geheimnisvollen Alpakas"

„Premieren-Abend mit Alpaka und Phönix"

„Das magische Alpaka und der Drache"

Gedichte

„Hier und Jetzt"

„Frisch gewagt"

Gedichte und Kurzgeschichten

Die zauberhaften Altbohns"

Bücher mit schwarzen Humor Gedichten

„Die Gartenschau-Morde"

„Tod auf dem Kaktus"

„Neues vom 1. April"

Kurzkrimis

„Mörderisch gut"

Gartenschau Trilogie

„Flammenfeder live von der Gartenschau"

„Gartenschau Phantasie"

„Herzlich willkommen Gartenschau"

„Galaabend für die Gartenschau"

„Abschiedsvorstellung für die Gartenschau"

„Die Gartenschau-Morde"

„Tod auf dem Kaktus"

„Neues vom 1. April"

„Gartenschau Magie"

„Die Gartenschau im Rampenlicht"

Heiteres aus dem Autorenleben

„Im Tal der Autoren"

„Alle Autoren an Bord"

„Terry ein Schotte in Schwaben"

„Die zauberhaften Altbohns"

Science Fiction/ Fantasy

„Sam Space"

„Premieren-Abend mit Alpaka und Phönix"

„Halloween, Drache und Alpaka im Scheinwerferlicht"

„Das magische Alpaka und der Drache"

„Weihnachten mit Alpaka, Lama und der schussligen Hexe"

„Der magische Hof, der Drache und die schusslige Hexe"

„Magische Stippvisite vom Drachen und der Hexe"

„Hof Gala für Fee, Einhorn und Kamel"

„Geheimnisvolle Weihnachten mit Hexe, Drache und schüchterner Fee"

Jahresfeste

„Weihnachten mit dem literarischen Kleeblatt"

„Auf der Suche nach dem verlorenen Osterei"

„Weihnachten und Silvester mit Flammenfeder"

„Vorhang auf für Nikolaus, Weihnachten und Ferien"

„Bühne frei für Fasching und Halloween"

„Die Alpakas vom Nikolaus"

„Die Bettsocken vom Weihnachtsmann"
„Silvester und Weihnachtsmarkt geben sich die Ehre"

„Der Nikolaus und sein Alpaka auf Tournee"

„Applaus für Alpaka und Osterhase"

„Das Comeback des geheimnisvollen Alpakas"

„Weihnachten mit Alpaka, Lama und der schussligen Hexe"

„Geheimnisvolle Weihnachten mit Hexe, Drache und schüchterner Fee"

Über den Autor Ralf Neubohn:

Ralf Neubohn hat bereits zahlreiche Bücher geschrieben bzw. herausgegeben und ist einem breiten Publikum durch regelmäßige Lesungen bekannt.

Er hat auch einen Literaturpreis gestiftet. Den „Neuen Literaturpreis Remstal".

Neubohn schreibt Krimis, Lyrik, heitere Romane und Kurzgeschichten.

Nachwort

Liebe Leser,

Sie sind nun an das Ende meines kleinen Büchleins gekommen. Ich hoffe, Sie gut und abwechslungsreich unterhalten zu haben.

Falls Sie beim Lesen auf den Geschmack gekommen sind, so gibt es von mir viele weitere schöne Bücher zum selber Genießen oder als originelles Geschenk für andere. Etwa zu Ostern, Weihnachten und Geburtstagen.

Mit freundlichen Grüßen und hoffentlich bis bald!

Ihr Ralf Neubohn